霧は、アンダンテで流れ行く

余語眞二
YOGO SHINJI

幻冬舎 MC

霧は、アンダンテで流れ行く

余語眞二
YOGO SHINJI

幻冬舎MC

霧は、アンダンテで流れ行く

目次

風の部　霧は、アンダンテで流れ行く

霧は、アンダンテで流れ行く

――序章――

お宮の横に、小さな川が流れていた。

小川のあぜ道は、お宮の横から境内に続いている。

空には白雲が浮かび、初夏の空が広がっている。あぜ道には、雑草が続く。

淡い桃色の小さな花が、あっちこっちに咲いている。

ひろしは、祖父から「ムラサキカタバミ」と教えられた記憶があった。

「この道はどこに行くの？」

ひろしの後ろをこわごわついてきた女の子が言った。

その女の子、早見リサは、この幼稚園へ転園してきたばかりなので、ひろしが何かと面倒を見ていた。人目を偲ぶように……。もし他の園児に気が付かれたら、きっと恥ずかしく思っただろう。

クローバーのような葉とカタバミの花で小さな花束を作ってリサに渡すと、リサは驚くような黒い瞳をした。

ひろしは、他の園児の後をついて歩いたり、真似をしたりする目立たない子どもだった。そんなひろしが、初めて自分から行動していた。

同じ頃からだっただろうか。毎年夏になると母はひろしだけを連れて田舎に帰省した。

長い時間電車に乗り、その後バスに乗り継いだ。

バスを降りるとすぐ目の前に大きな門があり、そこから武家屋敷のような建物に入っていく。

建物の裏には大きな井戸があり、盥《たらい》に井戸水を張って西瓜が冷やしてあった。ひろしは縁側で着物に襷《たすき》掛けの祖母が切ってくれるこの冷たい西瓜が好きだった。

顔より大きな三角形の一切れ、真っ赤な実と皮の緑色が夏そのものだった。

井戸の片隅に白い花が咲いていた。

「ばーば、この花、何の花？」

「夏椿ですよ。あまり縁起の良い花ではないですけどね」

祖母はいつも着物を着て、もの静かな人だった。

一緒に風呂に入ったことが何度かあったが、「首だけはいつも綺麗に洗う癖をつけなさい」と言われたことを覚えている。男子たるもの、いつ介錯《かいしゃく》を受けてもよいように、見苦しくないようにしていなさい、という意味であったらしい。

祖母は戦《いくさ》や武士の話をよくしてくれた。ひろしはあまり覚えていないが、戦で傷ついた兵士を敵味方分け隔てなく救護していたのが、のちの日本の赤十字社の礎になったという話は心に残っていた。

「武士道とは、戦を勝ち抜くことが目的ではなく、自らの道を全うするためのものです。戦わずして勝ち抜くことが一番と、兵法も教えています」とも言っていた。

あぜ道の左右に蓮花《れんげ》の花が続いている。その向こうには所々に蓮花畑や麦畑、そしてその向こうには銀嶺《ぎんれい》の山々が遥かに霞んで見える。

山並みの方へ歩いているのだが、いつ目的地に着くのやら、そもそもその目的地があるのやら……

この日は、幼稚園の遠足だった。

遠い山々から吹いてくる穏やかなそよ風は、ひろしと一緒にいる少女の髪を揺らしていた。

弁当はおにぎりとゆでたまご、バナナにチョコレートとキャラメル、水筒にはお茶が入っていた。

川の土手はゆるやかに続き、たんぽぽの花があちこちに咲いている。

少女はリサだった。黄色いリボンをしていた。大きな黒い瞳で、ときどきひろしを見つめてくれた。

わくらばを浮かべて川は静かに流れていた。

その川の土手を歩いて、幼稚園の皆のところへ戻ろうと歩いていると、突然ひろしと同じような年齢の集団が目の前に現れた。

雲雀の鳴き声が青空高くに広がっている。

ひろしはリサの手を引いて逃げた。

早くは逃げられない。6、7人の集団が追いかけてくる。ひろしは足を早めようと焦るが、足は思うように動かない。手を引いてるリサが怖がってその場にしゃがんでしまった。

ひろしがそのまま、一人で逃げようか、どうしようかと立ちすくんだとき、集団に追いつかれた。

そこで、目が覚めた。

寝汗をかいていて、後味の悪い気持ちだけが残った。

たとえ夢の中の出来事だとしても、少女を見捨てて逃げようとした自分は元来そういう奴なのだと、自分のことを思い知らされた。

ひろしは小学校2、3年の頃まで、ラジオから流れていた「サっちゃん」の歌が頭から離れなかった。あどけない早川リサの姿が心残りだったのだろう。

―第一章―

ひろしの父は、地元の高校を出てから、土木関係の工務店に就職していた。その工務店で事務員をしていたのが、短大卒の母だった。

なんとはなしに、お互いに気になり始めた頃、工務店の社長夫人に気づかれ、そのまま結婚を勧められて「仲人は俺がやってやる」という社長の一言で、気づいたら結婚することになっていた。

式は父の実家で挙行された。その日は晴天で、文金高島田に結った花嫁はタクシーで花婿の家に向かい、実家の少し近くで降りて、近所へのお披露目をしながら歩いた。参加者の行列では、先頭の人が風呂敷に小餅を入れて「ヨメイリヨォー」と叫びながら小餅を左右に撒くと、近所の子供たちが餅を奪い合った。

宴会は叔父の「高砂や」で始まり、夜遅くまで続いた。

二人はその後、長男ひろしと長女圭子の一男一女をもうけ、平凡な家庭を築いていた。花嫁姿の母と神妙な顔をした紋付き羽織袴の父の結婚式の白黒写真が家にあり、ひろしはこの写真を見るのが好きだった。

ひろしが小学校に入学した頃から、父の実家の村の秋祭りに毎年連れていってもらっていて、孫と会えるのが楽しみだったお爺ちゃんは、「おう。よう来た、よう来た！」と迎えてくれた。

夕刻、野良仕事を終えて庭先で焚き火をして、こうりゃんを焼いてくれる。

お爺ちゃんはとうもろこしのことを「こうりゃん」と呼んでいた。こうりゃんを焼いて刷毛で醤油を塗り、横向きにしてハーモニカを吹くように食べることをも教えてくれた。小さなひろしにとっては大きすぎるこうりゃんを、「かじれるだけかじりゃええからな」と、お爺ちゃんは笑いながら言ってくれた。その時は、いつも横に一升瓶を置いて茶碗酒を飲んでいて、少し酔っていた。

「高粱《こうりゃん》は中国の名でな。お寺の和尚が教えてくれたけど、大昔から中国にあったそうだ。何千年も前の中国にはいろんな王朝があって、夏とか楚とか周とか、いろんな王朝が長い時代に興亡を繰り返して……国ができたり、なくなったりしてたらしい。いろいろな戦いがあったんだろうな」

そう言って、遠い国の歴史や村の昔話を小さなひろしでもわかるように話してくれた。

「このあたりだって、昔は村同士の諍《いさか》いがあったと聞いている。まあだいたい、水争いだとお寺の住職が言っていたよ。水不足の時は大川の水を自分たちの田んぼに引き込みたいからな。それが毎年のように争うようになったので、村の和尚同士が話し合ってため池を造って、大川の流れを一旦止めて池に溜め、そこから支流に分けるようにして、争いをなくしたそうだ」

「徳のある和尚同士だったんだな」と言ったお爺ちゃんは、孫に何か教えることが嬉しくて、さらに話を続ける。

「国っちゅうもんは、徳のある人が天命を受けて治めるものだと、遠い昔の偉い人が、孔子という人が話されたそうだ」

ここまでくると、幼いひろしには何を言っているのかわからない。ポカンとしているひろしにかまわず、お爺ちゃんは茶碗酒を飲みながら、

「天は徳のない、自分勝手な争いをする民をお見捨てになり、勝手に自分たちで話し合え！と思われたんだろう。民が自分たちで争いのない世の中をつくれば良いと、話し合いをするように思われたんだろうな……これが民主主義だと、わしは思う」

「天、徳を予《われ》に生《しょう》ぜり。桓魋《かんたい》、それ予《われ》を如何《いかん》せん」

宗の桓魋が孔子を殺そうとした時に孔子が言った言葉だそうだ。天が私に徳を授けておられる。お前ごときが私をどうすることができるだろうか。どういう意味なのかひろしにはさっぱりわからず、お爺ちゃんの酒臭い息だけが記憶に残った。

ずいぶん以前、土だけで造った藁屋根の小屋がありそこで馬を飼っていた。農耕馬だが、お祭りの日だけは祭りの飾りを付けられて駆り出されていた。

その小屋の横からは、サトウキビの畑が続いていた。ひろしの背丈より高く伸びたサトウキビのことを「サトノキ」と村では呼んでいる。

サトウキビから黒砂糖を作っていたのだろう。ひろしのお爺ちゃんは、サトノキを引き抜くように倒して、細い竹のような一本をナタで切り、短くなったサトノキのカワを裂いて、ひろしに手渡してくれる。その一切れを口に入れて噛むと甘い汁が出る。チューインガムがなかった頃の噛む菓子だった。この頃の甘いものといえば、これくらいだった。

稲作の田植えの前、稲田の代掻《しろか》きは馬で行っていた。

お爺ちゃんは朝早くから暗くなるまで田植えをして、全身が鉛のように重くなった。

家に帰ってくると馬屋の横の五右衛門風呂に入り、出ると待ちきれないように土間で茶碗酒をひっかける。

そして、夕食の後もお爺ちゃんは茶碗酒を飲みながらお寺の和尚から聞いた話をするのだ。孔子の話もよくしていた。

孔子の弟子、子路《しろ》が「いかにして死者の霊魂に仕えるか」と孔子に問うと「生きている人間にさえ満足に仕えることができないのに、どうして死者の霊に仕えられよう」と言われた。

すると子路が「では一体、死とはどういうものであろうか？」と問うと、それに孔子は「未だ生を知らず、焉《いずく》んぞ死を知らん」と答えられたという。

お寺の説法が落語の起源という話だが、この話はお爺ちゃんにも良くわからなかった。だからこそ、何故かよく思い出していた。

ひろしの妹である孫娘の圭子が生まれた時、お爺ちゃんはものすごく喜んで、馬に米一俵を積んで町に出て、立派な雛飾りを買ってきた。

毎年桃の節句には、ひろしの家の座敷に飾られていた。

お爺ちゃんは、ある秋の稲刈りの最中、草刈り鎌を手にしたまま亡くなった。刈り取られた稲穂が途中まできれいに並べられていた。刈り残され、首を垂れた穂はお爺ちゃんに刈り取られるのを待っていた。

横の畦道には、一升徳利《どっくり》が茶碗とともに残っていた。

小学生のある夜、とてつもない嵐になった。伊勢湾台風だった。翌朝、ひろしの近所の家の何軒かは、屋根瓦が風に飛ばされ木造の塀は倒されていた。

何日か経って、ずっと10円だった近くのパン屋のアンバンが5円値上がりした。これがこの街の高度経済成長の始まりだつた。

小学5年生になると、毎年夏休みに海の家へ行く2泊の行事が行われていた。

しかし、ひろしが5年になった年は、なぜか南アルプス麓のキャンプ村でのキャンプに変わり、費用を負担することができたクラスの2割ぐらいが参加した。ひろしの家も、なんとか参加させてくれた。

「小さい頃の思い出は、大切な財産になると思って行かせたんだよ」

と、母からのちに聞いた。

バスで汽車の駅まで行き、当時はもう少なくなった煙を吐く蒸気機関車に乗った。汽笛を鳴らし、トンネルに入ると窓を閉めなくてはいけない。閉め忘れていると煤《すす》が入り、顔を拭くと煤で黒くなる。ひろしたちは案の定、窓を閉め忘れて、友達と真っ黒になった顔を笑い合った。

キャンプ場に着くと、まず枯れ木を拾いに行った。焚火の火をおこし、飯盒《はんごう》でご飯を炊く。飯盒は、戦中に中国に出兵していた叔父が使っていたものを、父が借りてきてくれた。

「初めチョロチョロ中パッパ、赤子泣いても蓋取るな」

父が叔父から聞いてきたのだろう、帝国陸軍歩兵のご飯の炊き方も教えてくれた。じゃがいもと人参と玉ねぎしか入っていないカレーだが、初めて作った料理、美味しいと思って楽しかった。

その年、ひろしの入学した小学校の校長先生は、新しく赴任してきた人だった。だから、毎年行われていた海の家の行事もそのH校長の意向で山のキャンプに変わったのかもしれない。

ひろしと同じ学年の他の学級で、担任の先生が長期病欠となり、急遽H校長が代わりに担任になったことを、近所に住むその学級の生徒が話してくれた。

「まず、『教科書は机の引き出しの中に、入れておきなさい』だって。それから、授業が面白いの、色々な話をしてくれたり、別の本を読んでくれたり。『それで、君はどう思う?』が口ぐせなんだ。毎日出てた宿題もなし」

それでもなんとなく、大丈夫かなと不安になり、「俺たち、見捨てられたかな?」と笑いながら話していた。

H校長は、翌年3月の終業式に「『立つ鳥、跡を濁さず』の言葉を君たちに贈ろう」と言って、別の小学校へ赴任していった。

ある日、同じ学級の山田が木の細い根のようなものを持ってきてひろしにくれた。「ニッキだ、噛んでみろ」山田の家の裏山にある木の根だそうだ。

噛むと、シナモンのような味と香りがした。山田は家の裏山や近くにあるものを色々自慢げに学校に持って来ていた。夏になるとクワガタやカブトムシを教室に持ってきて仲間に配った。

山田は、家から徒歩で30分ぐらいかけて小学校に通っていた。そのおかげで脚腰が強くなったのか、走るのが早かった。とくにマラソンは学年でもトップクラスだった。

山田が親指ほどの大きさの紫水晶を見せてくれたことがある。

山田の家から20分ほどのところにあるお寺の近くに水晶山と呼ばれている小高い山があり、その一角に水晶が出るところがあるのだ。

「今度の日曜日、水晶山に行かないか？」

山田の言葉に、クラスメイト4、5人が付いていくことにした。小学校で待ち合わせて、1時間ほど歩いた。

夏の日差しが強い中、皆汗をかき、疲れていた。

お寺の裏山というより小高い丘であるそこは、北側が切り立った斜面になっていた。少し離れたところから、雑木林が続いている。その中には、笹百合がぽつんぽつんと咲いていた。淡い桃色の花を咲かせる笹百合は、姉さんかぶりをした農家の女の人がひろしの家の近くに年に一、二度、自転車に乗せて売りに来るので、母にその名を聞いたことがあった。ひろしは帰りに、2、3本手折って帰ろうと思っていた。

水晶はすでに随分掘り起こされていて、細かいものしか残っていない。それでも一つ一つは六角柱状になっているのが不思議だ。丁寧に掘れば、紫水晶の小さいのが見つかるかもしれない。皆、夢中になって探した。

突如、崖の上から声がした。

「おまえら何してる！」

ひろしたちと同じような年頃の少年数人が、上から小石を投げてくる。

「逃げろ！」山田の声で、皆は山田の後を走った。

お寺まで逃げ延びると、少年たちはもう追っかけてこなかった。ただ、一人の同級生の頭に小石が当たっていたらしく、よく見ると少し出血していた。

「畜生！　あいつら、隣村の悪ガキどもだ。仕返ししてやる！」

山田は息巻いていた。


蝉しぐれの殊更蒸し暑い日々がようやくおさまり、風が夏の終わりを告げていた。

小学校から帰ってくると縁側には花瓶にすすきが生けてあり、その横にだんごと芋の煮っ転がしが置いてある。

「今日はお月見なんだ」

「そうよ、中秋の名月ね、まんまるお月さまの日だね」母が静かにつぶやいた。

夜空に風がさやかに流れていた。

ひろしは、あの夏の水晶山の出来事を母に秘密にしていたが、なんとなくこのとき話してみた。すると母は、ガキの喧嘩と関係あるのかないのかわからないような話をし始めた。

「かあさんはね、日本が戦争に負けてよかったと思ってるの。戦った兵隊さんたちのことを思うと、そんな気軽には言えないけど。戦って勝っても、次はまたどこかの国と戦う。負けた人々の憎しみと怨みの連鎖が始まり、いつまで経っても平和にならない。憎しみと恨みの繰り返しだから、負けてよかったの。みんなが負けて、それでもう勝とうと思う人がいなくなれば良いと思う。母さんのお母さん、ひろしのおばあちゃんがいつも言ってたのよ、『負けるが勝ち』って。勝ったり負けたりしてたら、憎しみや恨みはいつまでも続くもの。人の世のことだって負けるが勝ちよ」

　ひろしが小学校に上がる頃、祖母は亡くなっていた。母は何故か、あまり帰省をしたがらなかったので、祖母の葬儀の後はもう帰省はしなくなった。

　少し変わった人だった祖母によく暗唱させられた五言律詩《ごごんりっし》を、長い間、ひろしは覚えていた。スラスラと暗唱できたのは、高校生ぐらいだろうか。

国破れて　山河あり
城春にして草木深し
時に感じては　花にも涙をそそぎ
別れを恨んでは　鳥にも心を驚かす

意味もわからず、祖母に大声で唱和させられた。高校の漢文の教科書にも杜甫のこの「春望」が載っていたが、授業で教わった解釈にひろしは違和感を覚えていた。「国破れて山河あり　城春にして草木深し」——長春の春に国は破れ、人生のはかなさ、散り際の潔さを悠久の自然の不変性や回帰性を肯定的に捉える解釈に対し、ひろしは人の営みと自然界の理不尽な天災や戦いが、人に自然現象の虚しさや儚さ、戦の残虐さを長い歴史の中で捉える意味があるのではないかと勝手に思っていた。

あの頃、よく祖母に「おてんとうさま」の仰せの通りにしなさいと教えられた。

「天命に導かれて国を治めなければ、この世はだめになります」

祖母が言い残したことはこんなことかなあと、ひろしは後になって思い浮かべたことがある。

そして、祖母が切ってくれたよく冷えた西瓜を腹一杯食べたことを、暑い夏になると思い出す。

綺麗な桜並木が続く、小学生のひろしは川の土手をあるいていた。

満開のさくらの土手の道なのに、あまり人が集まっていないのは、ひろしにとってありがたいことだ。

まあこの時期、この程度の桜は、それほど珍しくないのだろう。

春風は遠くの青い山脈から穏やかな風が黄色い菜の花畑と緑の麦畑の織りなす絨毯の上を吹き抜けてゆく。

川は、この辺りの人々には、「桜川」と呼ばれていた。

子供の頃、まだ水量も多く、学校にプールが出来るまでは、この川で泳いだが、泳ぐのは学校から禁止されていた。

子供達はこの川のことを「ハラガワ」と呼んでいた。

農業用水の支流なのだろう。夏の前は水量が多くなり、めだかが小さな群れをつくっていた。夏、ひろしたちが「ハラガワ」に入ると、いつの間にかメダカの群れはどこかへ消えていた。

先生の見回りを警戒していつも一人が交代して見張っている。

その見張りが「おーい来るぞ」と声を上げる。

皆一斉に川から上がり、服を慌てて着て小走りに帰宅し始めた。

そしてもう安心だと思われるところへ来て歩き始めた。

そんな繰り返しの夏の日々のある日、青白い顔の青年とすれ違った。

彼はベージュ色の帽子を被り、白いシャツを着てどこかおしゃれな感じがしていると思ったのはひろしだけだっただろうか。

「あいつ、シスターボーイだって…母さんにあの人には近づくなって言われたけど、俺あいつに、イチゴの氷食べさせてもらったことがある。母さんには内緒だけどね」

なんだか難しい話をしてくれたけど、戦時中、軍の特別な研究室があって、戦時中ナチの研究資料を読まされたり、暗号解読の研究をさせられたりしたんだって、数学や論理学とかで、思考過程の機械化を進めて、チェスを指す機械から暗号解読の機械の開発を毎日のようにさせられてた話をしてくれたけどよく解らない事ばっかりだった。

ただ、この開発は電子計算機につながることを、シスターボーイが話してくれたことの中で、そのことだけが、なんとなくわかったような気がした。

でも、この話は秘密なんだって。なんだか怖いよな…その友人はそんな話をしながら、別れぎわに気持ち悪いような握手をされたと付け加えて話してくれた。

小学校のプールはひろしが2年生の夏、プール開きになり、夏の体育の授業は、天気が良い限りプールだった。

みんなでワイワイプールで泳ぐのが楽しかった。ハラガワで小さい頃から泳いでいたのでひろしは泳ぎが得意だった。

それと、ひろしは密かな楽しみがあった。担任の女性教師、N先生の水着姿が気になっていた。グリーンのパステルカラーの水着姿に大人の女性を感じていたのだろう。


夏の終わり、2学期が始まる、土曜日は小学校は半日で終わる。

ある日学校帰りの途中でひろしは駄菓子屋へ寄った。

まだまだ暑い日、ひろしはかき氷せんじが好きだった。

「おばさん！　せんじ一つ！」と言って、店の前の椅子で氷を食べ始めていると「君は何年生？」シスターボーイが声をかけてきた。

隣に座って「せんじはイチゴよりいいね。あのイチゴの赤はなんだかよく見ると色が強すぎるよね」

話しかけてきた青年は隣の椅子に腰を下ろした。その近さにひろしはドギマギした。それから、取り留めのない話をしながら氷を食べ終えて、ひろしの氷代もはらってくれた。店の隣の家の庭に、垣根越しに見えるひまわりの花が枯れかけていた。

家に帰って夕食を食べた後まで、昼間の青年の話が気になっていた。

「算数を勉強するといいよ、中学からは数学だけどね、数学が面白いなって思うまで勉強するといいのよ」が記憶に残った。

もう一つ「安らかに死ぬには冬、雪山に行って深い深い雪に埋もれて眠るといいと思うな」。どうしてそんな話をしたのだろうとひろしは気になっていた。

その前の年、学校の一年上の小学生が集団登校の途中、トラックの交通事故に遭い亡くなった話を青年は聞いていたのだろうか……。

その後、何年か経った後、その小学校の同窓会であのシスターボーイのことが話題になったが、どこか遠い雪山で亡くなったと話す友人がいた。

氷代を払ってくれてから10年後のことだった。

その青年は、隣り町の裕福な家庭の一人っ子で、いつもは東京に住んでいて、音楽家だったそうだ。

主にオーストリアの交響楽団の団員をしていたそうだが、そのためか、ほとんど隣り町の実家には居なかったそうだ。

亡くなる一月程前ぐらいに帰ってきて、それから行方不明になったと聞く。

そして、もう今は亡くなったらしいとその友人は話してくれた。

白い雪原を歩きながら、何を思っていたのだろうか……孤独な旅立ちであることも忘れて深い雪の中を歩いて、雪の香を感じていただろうか……

それとも誰か待っている人がいたのだろうか……。

春になって雪解けのあと見つかったそうで、一口齧ったりんごが横に転がっていたそうだ。

ひろしはこの話を聞いて、淋しい孤独な人生だったのだろうか?と思いつつあの優しく、

白い顔を思い出していた。

第二章

１９６６年、ひろしが中学生の頃、イギリスからビートルズがやってきた。ひろしも、ＳＰレコードを聴きながら、エレキギターを友人たちと弾いて、いつかロックバンドを結成しようと話しあっていた。

そんなひろしだったが、それほど勉強しなくても県立高校に入学できた。両親は教育費の事もあり、少なくとも何処かの国立大学に入学してくれるだろうと、喜んでくれた。

漢文の授業で教わった、杜牧《とぼく》の五言絶句「清明」が何故か気に入っていた。酒という言葉に反応していたのだろうか。

清明の時節　雨紛紛
路上の行人　魂を絶たんと欲す
借問す　酒家は何れの処にか有る
牧童　遥かに指す　杏花《きょうか》の村

昔の中国の酒屋はどんな店だったんだろう。杏花とはどんな花だろう。白くて淡い桃色の杏《あんず》の花の林の中、焼酎のような酒を呑ませる茶店だろうか？　「白酒」という酒があるときいたことがある。


大学に入学して間もない日。右も左もよくわからないまま、学食で声をかけてくれた1、2歳年上の先輩がいた。たまたま、隣の席にいて
「時間あるなら、コーヒーでも飲まないか？」

と誘ってくれたが、彼の話は長くなった。それ以来その先輩は、ひろしを見つけると必ず声をかけてきた。若者特有の議論好きな先輩と、ひろしは思っていた。

「コギト・エルゴ・スム！（我思う、ゆえに我あり）」

彼は口癖のようにデカルトのこの有名な言葉を言いながら、どんどん議論を進めてゆく。

「例えばね、ここに水の入ったグラスがあるだろ。これを認識するには、見て、触って、水を飲む。それでその存在がわかり、認識できたと思う。しかし、本当に、その存在は確かな事実だろうか？　その存在を疑えば、感覚だけで証明した事になるだろうか？　もし批判されれば、その存在はそれ以上どう答えられるのだろうか？　デカ

ルトは、そうした様々な存在を批判精神をもって思考した結果、その自分の存在をまず自分が思う、それ故に自分は確かに存在する、と考えたんだ」

ひろしにはなんの事かよく分からず、なんの反論もできず、なんとなく自分の読書量の少なさに引け目を感じるだけだった。

そんな稚拙な議論を繰り返すうちに、「方法序説」に近づく議論となるのかもしれないが。

大学のキャンパスに黄色いイチョウが舞い、冷たい風が吹き始め、コート姿の学生が増えてきた。ひろしは、講義に出るか、雀荘に行って仲間と雀卓を囲むか、学食で食事する。あとは、家庭教師のアルバイト、たまに図書館に寄る。平凡な学生生活が続いた。

ある日、南棟3階の図書館で、新聞の広告欄で見たエリック・ホッファーの著書を探していた。

「ちょっと、ごめんなさい」

女子学生が、ひろしの背後を通りすぎていった。彼女の横顔が気になり、本を探すことはやめた。それが、杏子との出会いだった。

それからは大学のキャンパスなどを歩く時、なんとなくその子を探していた。

コギトの先輩には、よくキャンパスで捕まった。

神の存在をどう思う？　神なんて人類の策略みたいなもので、生きがいでも、目的でもない。人間の存在にとって、むしろない方がよっぽど人間は幸せだったろう。信仰心が生き甲斐になるなんて、こんな厄介なことはない。排他的で狂ってしまう麻薬みたいなものだ。神は理不尽な死を、何の罪もない人々をどれだけ多く宗教のために殺《あや》めたことだろう。

キリスト教、イスラム教、色々な宗教がこの世にはあるけど……どれも所詮人間の心の在り方だ。人類への奉仕だとか言うけどね。なんだか、みんな究極的には、「まやかし」のような気がする。そう、俺は思うんだけどね。

ただ唯一の考えとして、世界中の宗教を地理的に、歴史的に集約して、純粋に一つの基本的理論とすると、正しい原理として本当に人間が幸せになれる宗教があるのかもしれない。統一された宗教として、人類に奉仕するそんな宗教があるかもしれない。

何度も聞かされた長い話を集約すると、こんな感じになるのだった。

ある春の、木曜日の午後だった。

キャンパスの片隅には花壇があった。三色スミレやチューリップがいっぱい咲いている。その横に白いベンチがあり、彼女はサンドイッチとコーラを手にして座っていた。

ひろしは胸が高鳴るのを抑えながら、「ここ空いてますか？」と尋ねた。

「あっ、はい……」

彼女は驚いたような目をして、少し身体の位置をずらした。

ぎこちなく座る二人の間を、爽やかな風が吹き抜けていく。

彼女は「杏子」という名だった。話すことがなかったのだろう。はにかみながら、杏《あんず》の花言葉のことを話し始めた。「包容力」「偽りのない心」「正直」……この時何故か「乙女のはにかみ」は外していたことを、ひろしは知っていた。

杏子は入学と同時に女子寮に入ったのだが、女子寮というところがなんとなく居心地が悪かった。一人暮らしになんとなく憧れていたのだろう。アパートに入居したかったが、杏子の両親は賛成しなかった。

ところが1年ほど経った頃、父の長期の海外出張が決まり、母もそれに付いていくことになると、アパートへ引っ越すことが許された。

初めての一人暮らし、杏子はそれだけで心ときめいた。ところが3カ月も過ぎないうちに、部屋に一人でいる事を寂しく思うようになってきた。

あのベンチで会話してから、ひろしと杏子は、時々会っていた。そして二人がアパートで一緒に過ごし始めたのは、初夏のそよ風がキャンパスを吹き抜けていた時期だった。

ひろしは、相変わらず講義や麻雀やアルバイトの繰り返しの毎日だったが、仲間と安い酒場で飲む機会が多くなった。コンパといっては、大学のクラブ活動で色々な部活に出たり入ったりして知り合いをつくって、安酒場で友人と飲んだくれては、それが大学の青春だと思い込んでいた。

コンパの帰り、夜遅くにアパートに帰ることもあった。そのうちに、泥酔して帰ることが増え、たまに二日酔いの朝を過ごすようになった。

休日の朝、ゆっくり起きてから二人で近くの喫茶店へコーヒーを飲みに行き、帰りに小さな公園のベンチに座った。杏子は足下の片隅に咲くスミレを見つけた。

「可愛らしくて、きれいね……なんていう花かしら？」

「えっ！　スミレだよ。知らないの？」

バカにされたような言い方に、杏子は少しむっとしたが気をとり直して、

「そうなの……名前は知ってたけど、この花がスミレだって実際に見るのは初めてみたい」

ひろしが小さい頃、祖父が「スミレは大工の使う墨入れに花の形が似てるからこの名になったんだよ」と教えてくれていた。


初夏、授業料の値上げ反対などに起因する学生運動が、日本のあちこちで広がり始めていた。その運動はやがて政治的になり、過激化してゆく。安保反対の学生運動から学園闘争となり、反体制運動にまで発展していった。

ある夜、二人で近所の銭湯に行った帰り、杏子は友達から聞いた「ちいさな親切運動」について話した。ひろしは他のことを考えていて適当にしか聞いていなかったので、杏子は少し不満そうだったが、その頃流行っていたフォークソングをハミングしていた。

杏子は母から、海外赴任中に閉め切りにしている家に時々風を通すよう、頼まれていた。その時にピアノでこのフォークソングを弾いていた。当時、アップライトとはいえ、ピアノを持っている家庭は少なかった。

杏子は小学校3年生になって近所のピアノ教室に通わされたが、あまり上達はしなかった。ピアノの先生は二度代わり、二人目の先生はどこかのオーケストラでチェロを弾いている男性だった。杏子はこの先生に少し憧れていた。しかし、その先生も代わると聞いて、中学に入る前には教室をやめていた。

母は、「中学生の3年間は続けなさい」とすすめたが、杏子はもういいと思っていた。

ひろし達の大学も騒々しくなってきた。以前からあった学生運動が、社会主義などの運動として燻《くすぶ》りかけていた。

ひろしの大学の活動グループは、学長との大衆団交を求めてデモを起こした。大学側は講義が無い日は正門を封鎖して学生を排除しようとしたが、学生たちは抵抗をして机や椅子などを使って教室を占拠する、いわゆるピケを張り、学内に立てこもった。

立て看からは「小学校から始まり、T大学を頂点とする文部省による教育制度は、まさに産学合体の体制であって人民のためのものではない。その体制は糾弾されるべきで、批判して人民のための体制へと変革されなければならない」という主張が読み取れた。しかし、ひろしには大学の問題がなんなのか、実際のところよく分からなかった。

何日か経ち、ある大教室に立てこもっていた学生グループの誰かのコネで、ジャズピアニストが来るとの情報を得て、ひろしたち麻雀仲間はそのピケ中の教室に裏から入っていった。室内はタバコの煙がモウモウとしていて、床に座った学生たちの熱気で異様な雰囲気のなか、一升瓶と学食のものであろう茶椀があちこちを回っていた。ジャズピアニストのコンサートは夕方6時から2時間ほど続いただろうか。2、3曲はピアノを打楽器のように弾いて、時々、鍵盤を肘で叩いていた。そのあと、学生運動のリーダーたちのアジテーションが深夜にまで及んだ。大半の学生達は流れ解散となり、教室にはひろしを含む50～60人ほどの学生が残った。大学側からの再三にわたる退去要求を、居座っていた学生たちは無視した。

深夜になり、ひろしが膝を抱えてウトウトしかけた頃、

「先ほど、M警察署から連絡があった。機動隊がこちらに向かってきていて、このま

ま居座れば一人ずつ逮捕されるだろう」

という学生委員長の声が聞こえた。彼は続けて、

「俺たちは居座るが、半分ほどは退去してこの運動を続けて欲しい！」

と叫んでいた。

その場に静かな緊張感が漂う。

ひろしは、逮捕されれば大学は退学になり、就職も駄目になって親が心配すると思い、杏子のこともあって教室をあとにした。

その直後、機動隊による学生の排除活動が轟音とともに始まり、大学の助教授だろうか、関係者達ができる限りの立て篭もり学生を、泣きながら窓から放りだしているのをひろしは振り返り見ていた。

暗闇のなか退去した一団はゾロゾロと歩き始めたが、その姿は敗残兵のようだった。行き先は、近くにある県立大学の教室だった。窓から一人ずつ入ると、そこにはやって来る一団のための食料や飲み物が用意されていた。

黒板を背に一人の女性活動家が、眼光鋭く一団を見回して低い声で話し始めた。アジ演説とはまったく違う響きだった。人の壁が厚く、ひろしにはよく聞こえない。た

だ、なんだかわからない組織に入れられそうだと思い、ともかく早く杏子のアパートへ帰りたかった。逃亡する気分だった。

一団から離れて杏子のアパートへと戻ろうとしたひろしに、他大学の活動家だろう男が近づいてきて、小さなメモを渡しながら「この電話番号へ必ず電話してくれ」と言った。

第三章

大学は休校のまま、木枯らしが吹くようになった。

あちこちの大学で学園闘争や反体制活動がますます活発になり、騒騒しい世の中になっていた。そのせいで大学は休校が続き、ひろしはアルバイトと時々の麻雀で日々を過ごしていた。

以前と変わらない毎日だが、一つだけ変わったことがある。

それはあの日、渡されたメモの番号に電話したことから始まった。ある雑居ビルの地下で、数人と時々酒を飲むようになったのだ。地下のその部屋は隣がジャズ喫茶で、モダンジャズの音がいつもうるさいぐらいに鳴っていた。

「大学は、資本主義社会のための教育の場であってはいけない。学生の使命は学問にあるべきなのに、ブルジョアジーの奴隷のようになりさがっている。学生はより良い就職を目指すよう仕向けられたまやかしの幸せの中、ありきたりな人生を強いられることになる。この産学合体のシステムこそ変革されなければ、諸悪の根源はいつまでも続く。我々は、ブルジョアジーの奴隷になりさがってはいけない。小市民になりさがってはいけない。ブルジョアジーの搾取を拒絶しなければならない」

飲みながら、冗談交じりにわいわい騒いでいた。

アジトのような一つの部屋で何度も飲み、杏子のアパートに二日酔いで朝帰りする、を繰り返していた。


田中角栄による『日本列島改造論』の本が1972年に出てから、数年が経っていた。

「高校時代の友達と今度スキーに行くことにしたの」

「へー、スキーなんてしてたの？」

「初めてよ。本当はひろしと一緒に行きたかったけど」

「どこのスキー場？」

「よく知らないけど、苗場って言ってたの。往復はバスで帰りは夜行バスなんだって、一泊分お得みたい」

この頃、スキーブームが起こっていた。雪国の人の気持ちは、都会の人間にはわからない。冬の閉ざされた北日本にたくさんの人々が訪れるのは、いい列島改造になるはずだとスキー場がどんどんオープンしていた。

一方で、反体制組織が「赤軍」と称して凄惨な行動の後山中に立てこもり、最後には警察と銃撃戦の末、全員逮捕された事件が報道されていた。

学生闘争は色々な派閥がそれぞれ対立するようになっており、紛争が多発して連日のように反体制活動が報道されていた。取材のスタッフや警察関係者などが極寒の山中でカップラーメンを食べている様子が、付録のようにニュースに流されていた。

過激な反体制活動が悲惨な方向へ向かっている。その後、あちこちの反体制活動が弾圧され、少しずつ下火になりだした。

ひろしはいつものようにビルの地下へ行った。徹夜麻雀をして酔っ払っていた。その頃何故か麻雀は結構ツイていて、この日も負ける気がしなかった。このままカンが良ければプロの雀士になれそう……などと思い込むほどだった。

麻雀に一息つくと、おそらくひろしと同じく大学生なのであろうSがニコニコしながら水と氷、スコッチのボトルを持ってくる。かなり贅沢な酒宴だった。

「ところで、Mって日本人じゃないみたいだ。目線が鋭くて、頭が良さそうというか、切れる奴って感じだけど、怖いね」

「いつかアイラ島やキャンベルタウンに行ってみたいな」

とか言いながら、スコッチのラガヴーリンだのラフロイグだのの話を寝こけるまで続けていた。

いつの頃からだったただろう。

地下室の帰りに、Sが茶封筒に入った現金をくれるようになっていた。

ひろしは酔っぱらいながらもその金額の多さに違和感を覚え、そろそろこの地下に通うのはやめようと思っていた。何か得体の知れない援助組織があり、自分もそれに所属させられそうな予感がした。それはナロードニキのようなコミンテルン……ユダヤ系財閥みたいな、世界的暗闇や影の秘密諜報組織、民族の復活を夢想する組織、あるいは中華思想の大昔から東アジアに広がる華僑か。そんな、地下の秘密組織を想像していた。

ある時は爆弾の製造方法などが書かれた冊子を渡されることもあり、余計に関わるのをよそうと思った。


ある日、麻雀が一段落し、それぞれ帰宅する者、何処かへ飲みに行く者たちに、いつものように茶封筒に入った札束を配っていたリーダー格のMが、「明日の朝、朝刊見ろよ！」と声をかけてきた。

ひろしは酔っ払っていて、「何かの冗談かな」と思っていた。

翌朝、相変わらず二日酔いで昼近くまで寝ていた。

前夜のMの言葉を思い出し、台所で水道の蛇口から水を飲んで、アパートの新聞受けから新聞を取ってきた。一面に大きく、バスの転落事故の記事が載っていた。

「えっ！　まさか……ウソだろう」

一気に酔いが醒めるのがわかった。

スキー客を乗せた帰りの深夜バスが崖から転落し、乗客全員死亡。

杏子もこれに乗っていただろうかと、アパートに残していったスキー旅行のパンフレットを慌てて探し、アパートの赤電話から旅行社に連絡した。

何度も電話をかけるが、話し中でなかなかつながらず、何度目かでやっとつながった。

「なんと申し上げればよろしいか……その方のお名前は乗客名簿には記載されていますが……。まだ確認は取れていません。当社にお越しいただければ、現地へ案内させていただきます。失礼ですが、ご家族の方でしょうか？」

ひろしは電話口の担当者の声を聞き終わる前に電話を切った。

新聞の一面では他にも、東京のM社本社ビルをはじめ3件の爆破事件があり多くの死傷者が出ていたことが報じられていた。


あれから何日経っただろう。今日は何曜日なのだろう。

杏子のアパートでただ酒を飲み、そして酔えば眠る。

蓮花畑が続き、近くの土手の上に土筆《つくし》が生えている。

「玉子とじ、えんどうもいれて作ってみたいね」どこからか杏子の声が聞こえる。

あの日の午後、テレビで杏子の写真と名前が映し出されていた。

時々、苦しく泣いた気がする。杏子に何もしてやれなかったことが、ひろしは悔しくてならなかった。なんで杏子の乗ったバスなのだ。何度も乗ったバスならともかく、初めて乗ったバスがどうして事故に遭わなければならなかったのだ。

「白銀の世界って初めてだけど、本当に真っ白の風景って……空も、山も、道も白く輝いて、風さえ白い香りがするのよ」

どこかから、淡いピンクのサロペットを着たスキーヤー姿の杏子が現れ、白銀の林間コースでだんだんとスピードを上げながら、空に向かって消失していく……。その後は、白銀の世界に、白い風。そんな夢を何度も見た気がした。

ひろしはその夢を追いかけるように何度も焼酎を煽《あお》り、眠ろうとした。

やっと自分を取り戻したのは、自分のベッドで目覚めた時だった。杏子のアパートで倒れている所を杏子の母親に発見され、近くの病院で2、3日入院していたようだった。

「ひろし、お前のこと、何も知らなかったわ」母の声がした。

「杏子さんのご両親が何日か前にうちにいらしたけど、もう少し落ち着いてからお話するね」

母は、当惑していたのだろう。そのまま、部屋から出ていった。

ベッドの足下に新聞が置いてあった。

ひろしはそれを手にとって、あの日の記事を見た。ビルの爆破事件には、あの地下のアジトに出入りしていた奴らが関わっていて、そのうち何人かが逮捕されていた。

夕方、母がお粥を持ってきた。家に警察は来たかと聞いてみた。

「そういえば、警察の方がみえたけど、お前が入院していると言ったら入院先を聞いて帰られたのよ」

ひろしは旅に出よう、と思った。二度と帰らない旅へ。

第四章

まだあちこちに雪が残り、遠くの山々は白銀の世界。夜汽車に乗り、明るくなった港から連絡船に乗って北海道に渡った。そしてまた汽車に乗り、残雪の残る川沿いを歩いて、ウイスキー蒸留所にたどり着いた。

あてもなく、樽が眠るレンガの倉庫で原酒とともに20年、30年と眠ればいいがな、という思いがしていた。

駅前の安宿に泊まり、二、三日倉庫のあたりをふらふらしていると、小降りの雪が次第に吹雪のようになってきた。

前方に小さな建物がある。三角屋根の事務所のようで、屋根には白く縁取りがあった。スコットランドの建物のようだ。ひろしは中へ入っていった。

「アルバイトでよいですので、ここで働かせていただきたいのです」

「ああ。最近この辺りを、よく見学されている方ですね。学生さんですか？　人手は足りないので、もしご希望なら戸籍謄本と履歴書を提出していただければ検討させていただきます」

ひろしは家に戻って母に報告して、戸籍や履歴書を取りに行こうと思った。

翌日、青函連絡船「八甲田丸」に乗った。

少し沖へ出ると、連絡船は荒波に揺れ始める。群れで飛ぶカモメを見てからトイレへ向かって甲板を降りた時、ひろしはハッとした。トイレのドア横に掲示板があり、指名手配のポスターが貼ってあった。それはまさしく自分の写真である。そして、その横はMだ。

慌てて自分の席へ戻った。もう、家には帰れない。

妄想がよぎる。

逮捕されれば嫌疑を晴らすことは難しいだろう。グループの一員だと判断されるに違いない情報は山ほどあり、起訴され、裁判にかかれば最悪死刑判決を受けるだろう。反論できる証拠などは何もない。検察側はポスターに写真を掲載するぐらいだから、冤罪の可能性など全く考えもしていないはずだ。一生獄中生活は免れない。酒の飲めない毎日になんの意味もない。

連絡船を降りるとひろしは、どこかのドヤ街に紛れて密かに暮らそうと考えた。行きついた駅で降り駅前近くの不動産屋に立ち寄り、ある建物を教えられた。

メモを頼りに路地裏の細い路を行くと、少し開けた道に出た。あれだろうと目に入ってきた建物の入り口の横に「戸田荘」と書いた看板がある。元気そうな老女が出てきて、四室ほど奥の部屋を指定された。

玄関の横には、どこかの公園から運んできたのだろう、ペンキのはげたベンチがある。銭湯の帰り、ひろしは涼みながらここで座っていた。

「そこの若いの！　新顔だな、こんなとこには居続けるもんじゃねえぞ」

酒臭い息をしながら、声をかけてきた老人に、幕末志士の残党のような視線を感じた。

ひろしは、この街に入り込むのが怖かった。

薄汚い身なりの男たちがあちこちにたむろしている。殺伐とした昼下がりの町中で昼飯にしようと思ったが入りにくい店が多く、意を決して入った店は夕方からは飲み屋に変わりそうな店だった。

翌早朝、仕事を探してみようと、殺気立つ男たちがたむろしている辺りへ行ってみたが、手配の男に無視され、仕事にはありつけなかった。ジャンバーにスニーカー姿では、さすがに見向きもされないようだ。帰りに土方の古着などを買って、今日は昼から酒を飲むことにした。

「学生だったんだろう？　身体がドヤ街の身体じゃねえもんな！　顔もドヤ顔じゃねえし、ただ逃げてるだけだもんなー」

老人が酒臭い息でひろしに放った言葉を思い出していた。


「戸田荘」に住み、土建関係の日雇いをしながら何も考えず過ごして、5、6年が経っていた。今のところ警察に見つかったり、周囲に顔が割れたりしたことはなかったが、あのポスターの人相からできる限り離れるため、無精ひげを生やし、仏門に入ると言って床屋を転々として剃髪していた。

自分ではすっかり一端《いっぱし》のドヤ顔だと思っていたが、側《はた》からはそうは見えないことはわかっていた。まして、公安警察の目は誤魔化せない。

幕末の志士とは、ベンチでよく話を聞くことがあった。

彼は皆から「ヒージーさん」と呼ばれていた。「戸田荘」の主のようなヨネばーさんに、その由来を聞いてみた。

「あの人、昔からうるさかったの。土方歳三だの何だのと……けど、ただの死に損ないよね」

仕事にあぶれたある日、昼のうちから銭湯に入ったあと、よく行くホルモン屋で焼酎を飲んでからほろ酔い気分で玄関先のベンチに座っていると、ヒージーさんが横に来た。

「徳川の世は260余年続いたが、江戸幕府の幕臣は、自分の身の処し方を見極め、確固とした自分を持つ並々ならぬ人物が多かった。その一人である福沢諭吉は、咸臨丸で一緒だった勝海舟の、明治に入ってもなお軍艦奉行として生き永らえた身の処し方が気に入らなかったんだ」

ヒージーさんは、そんなことを突然ゆっくりと話した。

ひろしはこの話が何故か心に残った。

第五章

この日は汗をたくさんかく、つらい仕事だった。

来る時は手配の車で送られたが、帰りは電車だった。他の客は自分たちを避けて座る。この地区の男になったひろしは、そうされるのが当たり前になった。汗臭いのは他の男とそれほど変わらないのだが、長年低賃金労働者を続けていると、やはりそこからはもう抜け切れない、そんな雰囲気になってしまうのだろう。

いつもは駅の西側から歩くのだが、その日は東側に出て小さな商店街に入った。ひろしは、その一画にあるビルの2階にバーがあるのを見つけた。まだ開いてはいないようだ。

さすがにこんな作業員の格好では気がひける。銭湯に入って、着替えてから行くことにした。

重厚なドアを開け、ブビンガの長いカウンターに座る。

「いらっしゃいませ」白髪に黒い蝶ネクタイをした寡黙なバーテンだ。

こんなバーは、何年ぶりだろう。パックバーの品揃えが本格的だ。ギムレットから始めて、オールドパーなどのロックを何杯か飲む。レーズンバターとカツサンドがクセになった。

それからは月に2、3回通うようになっていた。

あの訳も分からない茶封筒の金はほとんど手付かずのまま手元にある。母から郵便貯金の口座へ毎月振り込まれていてこれがお互いの安否確認になっていた。しかし、この振り込みもいつの間にか途絶えていた。

時折、アシスタントの女性がカウンターに立つ。小柄だが、着物の似合いそうな少し陰のある人だった。

「こんな場末の酒場にはもったいない美女だね」

戯れに声を掛けると、

「そうなのよね……美女だけど、誰も気がつかないみたい」

「着物でも着てみたら」

「ダメなの。似合いすぎて、その筋のお姉さんみたいになっちゃうのよ」

きりりとした風情の女性は、淋しく、黒い瞳をしていた。

幼い頃、気になっていた早見リサの黒い瞳を、ひろしは思い出していた。

カウンターの上にはロックグラス、その横にはタバコとライターを置いて飲むのだが、ライターを忘れるときもある。そんな時、彼女はデュポンのライターを手にしてチーンと音を立ててから、咥えたタバコの先に火を近づけてくれる。この音は、二枚の金貨を打ち付ける音と言われていた。

少し離れた場所に大きな朝顔型の蓄音機があった。ずいぶん古いから手回し式だろう。

「それ、まだ音鳴るの？」

「もちろん！　何かかけましょうか？」

「ジャズが良いね」

彼女は、ビリー・ホリデイの「ドント・エクスプレイン」を選んでくれた。セピア色の音がした。

「停電の時に便利なの。ローソクを付けながら聞くと良いのよ……別れた男のヘタな言い訳なんて、今も昔も変わらないなーなんて。思い出して笑えてくる……」

「ずいぶんたくさん、別れたの？」

「そういうこと聞かないの！　みんな不思議と言い訳の時、饒舌になるのよね……そんな男、興ざめしてしまう……少し、悲しくなるのよね。恋愛って、嘘の上手い男のほうが良いみたい」

ひろしは彼女にも同じ水割りを勧めた。

「雰囲気は抜けないものね、長いこと水商売してると、ジーンズ履いていたって素人には見えないみたい。お客様だって、今のお見かけとはちょっと違う感じがします」

「へぇー、どう見えるんだろう？」

「失礼だけど、ボウモアをお飲みになる方とは違うような気がします。ゴメンナサイ！」

クスッと笑う楽しい会話だった。

ひろしが胸ポケットからパーラメントを取り出してその一本を咥えると、すかさず彼女が火を付けてくれる。

「なんて名前？」

「え〜と、なんて名前で出てたかしら？　そうだ、リサってことにしてたんだ。でも初めてこの名前使うわ。小さい頃、友達にこんな名前の子がいたの。やんちゃ時代の始まりネ。タバコを吸いはじめたのが——」

少年も少女も、悪になるにはまず、タバコを吸えなくちゃ始まらない。むせながら頑張って吸えるようになったら、今度はカッコよく吸いたかった。

男性誌か何かの記事で見た、あるシーンがひろしは忘れられない。

小雨のパリの街角で、一人のパリジェンヌが、コートを羽織ったままタバコをカッコよく吸っていた。それに通りすがりの男が気付いて声をかけてみると、コートの下は白いスリップだけがチラリとみえて、彼女は泣いていた。

「どうかしたの？」

「……」

夜雨《よさめ》に濡れたまま、目には涙を浮かべてチラリと男を見てから、

「今日、私の誕生日……」

と彼女は呟いた。

男はそっと、そこを立ち去った。……

「この話、少しおかしくない？」リサが首をかしげた。

「どうして？」

「だって、雨の中だもの。タバコの火がつくはずないじゃない……」

ひろしはもう一つタバコのエピソードを話した。

大学二年の時、二日酔いの朝帰りばかり続けていたらうっかり出席日数が足りなくなり、哲学の期末テストが受けられなくなった。

なんとかテストを受けられるように担当教授にかけあいに行った時、「まあ、そこに座りなさい」と教授は言いながらタバコを1本勧めてくれた。

遠慮していると、「哲学を考える人はタバコを吸わなくちゃ……スピノザの本を一冊読みなさい。べつにレポートはいらないからそれでよい」と言った。

タバコ1本で哲学の単位を取ることができたが、それも今となっては無駄なことだった。その時のタバコは美味しかった。

ひろしのこの話が面白いと思ったらしく、笑いながらリサは水割りを口にした。

当時はよほど教授の言葉が嬉しかったのだろう。ひろしは図書館からスピノザの本を借りてきた。本は読んでも全くわからなかった。理解しようとも思っていなかったが、ともかく読んだ。

定義とか公理とか証明とか、数学の幾何学のような話から、右翼だろうと左翼だろうと倫理は同様にある。ユダヤ人とか旧約聖書、イスラム教など、ひろしには全く縁のない内容、遠い世界の事と漠然と感じていたが、ともかく大学時代でよく読んだ一冊だった。

タバコは肺がんの原因になり、健康に悪いとか、他人に煙が迷惑とか言われ、店から灰皿が消えていく。マッチもそうだった。昔は店を開店する時は、まず店のマッチのデザインを考えたものだった。電車やバスの座席には灰皿が付いていた。しかし、それもなくなり、タバコがどんどん公衆の場から消え始めていた。

昭和が終わり、バブル期も終焉して、いつしか平成の時代に移り変わっていた。

第六章

ひろしは、手配の車に乗って現場へ行き、戻っては焼酎を呷《あお》る日々に戻った。段々と仕事に疲れるようになり、そんな時は仕事を休み朝寝をしてから、午後いつもの安食堂で湯豆腐と一緒に熱燗を長い時間かけて飲む。年のせいかどことなく身体の不調を覚える。本当は病院へ行ったほうが良いのだろうが、その気になれない。

そのうち動けなくなるかもしれない。そう思った時、無性に港を見たくなった。体調が戻った日、港の船舶の荷役作業に就いてみた。

以前何回かこの仕事をしたときは、貸し出されるヘルメットをかぶっただけで足場の悪い場所でやる危険な仕事だったが、今はそんな仕事はとてもできない。港に来ても仕事にあぶれることが多くなり、一日中海を見て帰る日もあった。

沖仲仕であり学者のようでもあった「エリック・ホッファー」の本を大学の図書館で探したことを思い出したが、ちゃんと読んだ記憶はない。エリック・ホッファーは、いわゆる沖仲仕とは違ってものすごい読書量の人で、色々な分野で学者レベルの知識を持ちながら、社会主義や労働運動の人でもあった……そんな印象だけがある。

「死の持つ恐怖はただ一つ。それは、明日がないということである」

「幸福を追求すること、これこそが不幸になる主な原因である」

昭和、平成と時代は移り変わり、社会主義運動、学園闘争、一時は学生運動が大衆を巻き込んで社会を変革しようとした時もあったが、全てが中途半端だった気がする。大昔からそれは変わらないのではないか。

もう随分前のことだが、日本の若者がテルアビブ空港で自動小銃を乱射した事件があった。この無差別テロでたくさんの人が死傷したと新聞に載っていた。ひろしには、よくわからない事件だった。どうして日本人の若者がこんなテロをしなければならなかったのだろうと思えた。

イスラエルとパレスチナの問題が絡んでる事だけはわかったが……イスラエルといえばユダヤ人、残虐なホロコートの犠牲者。ナチスによりユダヤ人の老若男女が何百万人も犠牲になった歴史がある。なぜナチスは、ヒットラーは、こんなにたくさんのユダヤ人を殺めたのか？　日本人のひろしにはよく分からなかった。

なんでも大昔から宗教上の争いがあり、さらに地理的、歴史的争いがあるように思われているようだが、明確な答えがないまま、地理的にも、歴史的にも、遠い昔の出来事として放棄された。戦争の不幸な出来事、ぐらいにしか日本人には教えられていない。

戦争の悲惨な事実は世界中にたくさんあり、それこそが戦争なのだ。アジアだって、日本軍が、中国軍が、多くの人民を殺めている。しかしなぜかそれはよく知らされていない。

パレスチナの人々の多くが犠牲になっていることすら、このテロがあって初めて、現在のパレスチナの人々の事をやっと知らされた気がした。

振り返れば、長い長い日々が過ぎ去っている。

あの地下の何人かは逮捕され、死刑判決を受け、獄中にいるはずだ。あの時一緒に逮捕されていたら、自分も獄中にいるはずだ。しかし自分は指名手配のポスターから逃れている。もしかしたら、もう誰も自分を追いかけてはいないかもしれない。

若い頃は、人間は何のために生きるのだろうと思ったりしたこともあったが、そんなことさえも忘れている。そのほうが、平穏な日々を過ごせた気がする。

第七章

「桐島君かな?」

バーで突然男が声をかけてきた。

少し緊張してひろしはその男を見つめた。少し警戒もしていた。

「面影って、残るもんだね……あれから何年経ったのだろう。30年にはなりそうだな……ずいぶん老けて、疲れたんだね。だけど、面影は残ってるよ」

高校の同級生で、大学も一緒だった山吉だった。

「俺、あの時一応逮捕されたんだよ、何故かピケを張った中に居残っちゃっていたからどうしょうもない。調書取られて放免だったけど、調査官にこれからどうするつもりだと聞かれて大学に残るつもりと答えたら笑われた。世の中そんなに甘いもんじゃない、よく考えたほうがいいって。せっかく良い大学に入れたのに、」

山吉はよく話す奴になっていた。昔は寡黙だったのに……」ずいぶん苦労したんだろうか。

高校の成績は学年でもトップクラスだったが、少し変わった奴だった。なんでも近所のボクシングジムに小学生の頃から通っているという噂だった。

この高校では、成績のトップクラスの生徒の多くは国立大学の医学部を目指すが、ひろしは私大の入学式で山吉に会った。つまり国立大受験に二人とも失敗したことになる。入学式で一言二言声をかけ合ったが、その後は見かけても、あまり話をしなかった。ひろしは経済学部を選んだが、山吉に学部を聞くと笑って教えてくれなかったことを覚えている。その後キャンパスで会っても挨拶を交わす程度だった。

それでも一度だけ、学食で一緒だったことがある。

「以前、ボクシングジムに通っていたそうだな？　まさか今でも続いているわけないよな？」

山吉は一瞬寂しい表情をした。

「高2の冬に駅で2、3人のチンピラに絡まれたことがあった。ジムの会長から喧嘩はするなとよく言われてたのに、俺、手出しちゃた。自分でも驚くような右ストレートが出てしまったんだ。相手はすっとんで気絶しちまったから警察が来てしまった。それが会長の耳に入り、ジムはクビになったんだ。本当はボクシングをやりながら医者になるつもりだったのに」

と話した。

「小学生の頃から、ボクサーに憧れていたんだ。まわりの子は、みんなプロ野球選手だったのにな……。近所にボクシングジムがあったからかもな。いつごろからか毎日のようにジムを覗いてた」

彼は当時を懐かしむ顔をしていた。

「ボクシングは心技体だと、会長はいつも言ってた。厳しい練習に耐えるには、心技体が絶対だと言われ続けていたのに魔がさしたんだろう。あの右ストレートが俺の最後のボクシングだった。めちゃくちゃ辛いトレーニングに耐えて頑張っているつもりだったけど、心が伴ってなかったんだ。あれ以来心が折れちゃって、何かに打ち込むことが苦手になったようなんだ」

薄暗い照明のバー、店名は「アンダーファイブ」だった。オーナーがゴルフ好きなのか、いつの日か67で回りたくてこの名前にしたんだろう。

「ピケに居残って逮捕された時、調査官にヘラヘラ笑われたのが気に入らなかったんだよね」

山吉は大学を離れて、自分で何かして生きていこうと思いついた。

「ともかく図書館へ通い始めたんだよ。やたらと、科学の歴史みたいな本を漁っていた。特に近代物理学の本を以前から読みたいと思っていたから」

「そうか、物理ね。俺は受験までは物理の勉強をしたけど、好きじゃなかったな。そこそこテストの点は良かったけど、よく分からなかったから面白くなかった」

ひろしは思いだして答えた。山吉は続けた。

「その時初めて気がついたんだ、生きて行くには金を稼がなければならないって。本当に社会を何も知らないタダの大学生だった。呑気な奴だったんだ。その時できることが予備校の講師くらいしかなくて、10年ぐらいやったけど結構人気だったなー」

山吉の図書館通いはその後も続き、「近代物理学」を追いかけた。生活は学生の頃とたいして変わりなかったし、こんな事なら変に意地張らず大学に残れば良かったとも思っていた。歴史は古代ギリシャから万有引力に行きつくが、コペルニクス、ケプラー、ニュートンなどの太陽中心の宇宙像の議論にいたる。

「ところで、桐島……あの頃、可愛い子とよく一緒だったじゃない、彼女はどうした？」

「死んだんだ。あの爆破事件と同じ頃、スキー帰りの夜行バスが崖から転落して、乗客全員死んじゃった事故……覚えているか？」

「へー、知らなかった。それで、そのバスに彼女が乗っていたわけか」

「運命って残酷だよね。二十ぐらいのガキにはキツすぎる」

「お前、あの反日戦線の爆破事件で指名手配されていたよね。傷心の若者が逃亡生活をして生きていたんだ。人生最悪の時期だったわけだ」

「追われる身だからこそ、耐えられたかな」

「ところでな……アインシュタインは4、5歳の頃、父親から羅針機を見せられた時、その針が必ず一定の動きをするということが、自分の概念世界とは違ったという幼児期の記憶があったと語ってる」

　山吉は何の話かよく分からないことを話の途中に入れるクセがあった。気持ちよく、ほろ酔いとなっているのだろう。

　16世紀の彗星観測などから自然研究の天文学者が出現した。そんな頃からの近代科学のことを、予備校の教師をしながら勉強していた。トマス・アクィナスの思想とかアリストテレスの宇宙像などから、興味のおもむくまま13世紀の文献も読みあさっていた。山吉はそんなことを言って、ひろしにあらゆる話を聞かせた。

約束してもいなかったのに、二人はこのバーでよく会った。

ウイスキーのロックを飲みながら、日常から遊離した空間にいるように、二人は他愛ない話、とりとめもない話を続けた。なんとなく酔って、世捨て人のように呂律が怪しくなる時もあった。何の話をしていたのか、その場限りで忘れてしまうようなジョークばかり言い合っていた。

「桐島のように好きになったわけじゃないけど、俺にもお気に入りの娘は何人かいたな。だけどみんなダメになった。俺、めんどうな事がすぐイヤになっちゃう。要するに勝手なんだよな」

ひろしは2、3日働くと翌日は休みにして、夕方バーで飲んだ。すると山吉もバーにいて、いつも「オウ」と一こと言って隣に座る。

「いらっしゃいませ」とこちらもいつもの白髪のバーテンが答える。客がひろしたち二人だけの時、白髪のバーテンはビートルズをかけてくれた。

ルネッサンス期の魔術思想から近代科学が形成したという主張や、プラトン主義の16、17世紀の復興などから誕生したという議論など色々あって面白いと山吉が話した事があったが、それ以上は話さない。磁石と重力の発見から、ニュートンの遠隔力、魔術的観念から、地球は巨大な磁石という発見、そしてアインシュタインの登場。山吉から物理は面白いと教えられた。

「物理って本当は面白いんだな……お前の話を聞いて思ったよ。俺もゆっくり本を読めばよかった」

ロックグラスの氷が乾いた音を立てる。

「文部省の学習指導要領って今でもあるのか？　あれがいつまでも続いているって最悪だな」

ひろしの話に山吉は賛同して、

「そうだよ。官僚って前例を重視する奴ばかりだからな。医者は無理だったけどさ、大学中退しなきゃ、俺……官僚になっていたかも知れないな」

安保反対とか騒いだ季節もあったなとひろしは思った。

「どっかからギュウタローみたいのがリーダーになって、政治運動をして騒いだ季節もあったよね」

「結局はタダの流行だったわけか……」

するとと山吉は突然、「来週からヨーロッパへ行くことにした」と言ってフラフラした足取りで「ファイブアンダー」から出ていった。以前から、ヨーロッパの都市にある古い書店へ行きたいと言っていた。ヨーロッパのどの都市にも図書館のように大きな本屋があるのだそうだ。巡礼者が去る時に残す気配を漂わせながら、山吉は去ってゆく。はっきりとした目的のない、宗教的でもない巡礼を繰り返す人生となるんだろう。

「友よ、アディオス」と酔っ払ったひろしは、心の中で別れをつげていた。

終章

冷たい雨がしとしとと降る。今日の仕事は少ないだろう。こんな日は、タバコを吸いながら朝からぼーっと外を見ている。

下町の裏通りには、今朝も何もない。

ウイスキーの水割りを飲みながら、ひろしはもの思いに耽っていた。

ふと、忘れてしまっていたシーンが心に浮かんできた。

杏子と銭湯から出て、入り口の横にあるベンチに座っている。杏子は紺色の地に朝顔の柄の浴衣姿で冷たく冷えたフルーツ牛乳、ひろしは武骨な手にコーヒー牛乳を持っている。あの頃できる数少ない贅沢だった。

今はもういない、二度と会うこともできない。涙が浮かび、いい歳して……と自分が笑えてくる。本当に少ない思い出しかない。

形の良い小さな顔、唇は厚いけど小さく可愛い。彼女の実家の近くにお墓があるはずだが、お墓参りは面倒なことになるかもしれないから一度も行ったことはない。

杏子はチェロの音が好きで、ある時バッハが聴きたいと言ったことがある。

「大きなチェロを抱えて私の前に現れて、白いすっきりした指でチェロを弾いてくれたら素敵だなぁ」

この薄汚れたドヤ街には、まるで似合わない。

「チェロって、あの形、大きなバイオリンみたいなデザインだけど、誰が考えたのかしら？　ずっと昔の職人が何代にもわたって考えたのよね、きっと。カブト虫を見てからかしら。基本のデザインからバイオリン、ビオラ、チェロ、バスと大きくなっていったのよね。それにしても、あの胴体の穴、あれもいい音響を追いかけてできた穴だと思う。職人さん達が長い時間をかけて、引き継ぎながら作りだしたと思うの……」

振り向けば、いつも後ろにいる、そんな杏子だった。知らないうちに自分の心の中に住みついて、忘れられない杏子。だけど突然いなくなってしまった。

喧嘩したことも、恨んだり憎んだりしたことも無い、言わば通りすがりの他人と変わりはしなかった。突然いなくなって、一時は心が荒んだ。そんな時はウイスキーや焼酎が荒んだ心を打ち消してくれた。

どんな恋だったのか、どんな愛だったのか、思い出す事もなく、ただ風が吹き抜けていっただけのような気がする。

汽笛の音、汐風そして行き交う艀《はしけ》。

港の夕陽が、沈んでゆく。

辺りはだんだんと暗くなってゆく。

港の見える場所に空き地があり、公園にするには狭すぎるがともかくベンチが置いてあり、その横に桜の木が植わっていた。

ベンチに座って、ひろしは足元の枯れ枝を拾った。桜の枝だろう。これを使って、誰も気が付かないように小さく、相合傘と「ひろし」と「きょうこ」の名を落書きした。

花は三部咲きというところか。以前なら桜を観ながらコップ酒でも……と思っただろう。でも、今はそんな気もしない。夜のしじま、足元に2、3輪、スミレが咲いている。

ひろしはビートルズの「イマジン」を口ずさんでいた。

高校のころ、母が欲しがって買ったステレオをひろしは母以上に聞いていた。ビートルズのＬＰレコードをよくかけて聴き、彼らは「空の下、みんなただ今を生きている」と歌った。

時々、ひろしは逃亡していることを忘れていた。

時々は思い出していたが、怖れはいつのまにかなくなっていた。人は誰でもそれぞれ、何かから逃げているからかも知れない。

あの頃、公安警察は何の手がかりもないまま、指名手配のポスターにひろしをついでのように掲載したが、その後の情報はほとんど入らなかったらしい。


ひろしは何もしないで、タバコを何本か吸って缶ビールを飲んでいた。

子供の頃に「日本丸」が停泊した日、両親に見に連れていってもらったことを思い出していた。美しい白い帆船だった。解説者の話を覚えている。

「マストの一番上に立って船を見下ろすと、船の大きさは、自分の履いた靴ぐらいに見えます」

暗くなるまで港にいた。

父さん、母さん、妹よ。全く音信不通のまま今になってしまった。生きているのか？　もう、亡くなってしまったのか？　本当に俺は、親不孝者だ。それを思うと辛かったが、いつのまにか忘れてしまっている。

なんとなく、ひろしは自分もそれほど先が長くないと思い始めていた。歳のせいか、涙脆《もろ》くなっている。霧が流れ始めたのか、涙が出ているのか、よく分からない。

中国の故事に「一炊《いっすい》の夢」とかいうのがあったが、生まれて生きて、少年時代、青年時代と、平凡な生涯、いや、それなりの人生が多少はあったかもしれない。中国の昔、後漢の時代の「壺中天」の逸話のような、仙人の術を使って、吊るしてあった壺に入って美酒と料理を授かる話みたいなものだろうか……。

しかし、気が付けば、ただの逃亡の人生だった。

「一炊の夢」とはかけ離れているが、一睡の夢に今、目覚めたような気もする。運の良い平凡な酔いどれの逃亡生活に変わりはしない。自分勝手で、ひたすら生きるだけ、逃げるだけの生き方。他に選択肢はなかったのだろうか……いや、もはやそんな反省もない。

小学校の卒業式に歌った歌を思い出す。在校生が「蛍の光」を歌った後で、立身出世主義を吹聴する詞に続いて人々を鼓舞する歌がどこかから聞こえた気がした。

夜の帳《とばり》が下りる。

一陣の風が、静かに吹いた。

そして、暗闇が広がり、霧が流れている。

その中を、ひろしという個が、ひろしという流れが霧に閉ざされながら、霧とともに流れてゆく……。

歩くような速さで流れて行く。

その霧がひろしの過去を覆い隠すように、アンダンテで流れ行く。

ごめんね　ひろし
涙で綴るこの手紙

ひろしに届くことは無い

ごめんなさい
本当は男の子と女の子と
そしてひろしの居る
そんな暮らしが
したかった

きょうこ　より

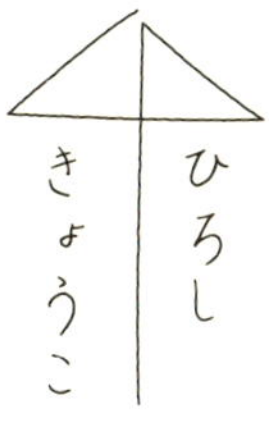

あとがき

シューマンのトロイメライを弾く辻井伸行のピアノ演奏を聴いた。何故か、懐かしい昭和を歩く子供達の風景を思い浮かべていた。

15歳頃からだろうか、漫画よりも小説を読むようになっていた。

夏目漱石の「坊ちゃん」、川端康成の「雪国」、太宰治の「斜陽」、三島由紀夫の「金閣寺」などなど、そして漠然といつか自分も小説を書いてみたいと思っていたようで、学生時代から、メモのようにアイデアとか、思い付きの習作のようなものを書いていた。

青春時代はいろいろ憧れていた。写真家、詩人、山頭火のような俳人、猟師、作家等々、それが、気づいたら、ただの酒好きの税理士になって40年ほど過ぎていた。

昭和、平成、そして令和。半世紀に渡るそれぞれの風に吹かれて、仕事中心の人生を歩んで来た。

祖父から親子三代にわたる酒飲みで、半世紀の飲酒は、ごく当たり前に肝臓を疲弊させ、癌を発症するのは当然の成り行き。昨年の春、摘出手術を終えてから、術後の1年半ほどの入院中、点滴につながれながらふと思い付いたのが、昔憧れた小説などを出版することだった。そうしてただなんとなく、思い浮かぶ文章を書き綴っていた。

癌の手術自体はほぼ順調に終了したのだが、術後の入院生活が長かった。S教授を先頭に准教授から医学生のグループによる毎朝の回診、毎日三回ほどの看護師の検診など、本当に多くのスタッフにお世話になって、生き延びることができた。

昭和は、戦後の貧困から始まった。高度経済成長を目指しながら、国民皆復興を願う同じ目標を目指していた。そして所得倍増政策を経て、成熟社会へと向かった。生産性を上げるための公害問題が発生し出した頃、「金を追うな夢を追え」と言い出す人がでてきたり、反体制運動が出現したのが昭和だった。

平成になり、日本は成熟社会と言われる時代へと向かう。そんな中、小惑星イトカワに向かう小惑星探査機はやぶさが打ち上げられたのは2003年のことだった。JAXAの奇跡的な努力により困難を乗り越えて、イトカワから帰還の旅に出る。

昭和はハッピーエンドの多い明るい社会だったが、平成は小惑星イトカワに向かう

「はやぶさ」のように、困難な問題をなんとか克服する旅行のような時代だった。

オーストラリアの夜空に一すじの光として現れ、そして地球上には降りることなく消失した。平成の時代はまるで「はやぶさ」のようだった。

昭和・平成・令和と続く時代の流れ、ここにきて「失われた30年」と言われている1990年代から2020年代、日本は右肩上がりの経済が低迷期を迎え30年を過ぎてしまった。

その原因について色々な議論があるが、私が振り返ってみると、その大きな原因は、働く人々を、年功序列・終身雇用の伝統が縛り続けたことにあると思う。昔から続く武家社会から昭和へと続く「家」が「会社」だったのである。

一例を挙げれば退職金制度、一生その身を会社に捧げて退職金を貰う。古典的な雇用制度は、近代化からは時代遅れだった。実力のある人の評価は埋もれてしまい、適材適所も機能しない。したがって新しい発展に消極的で、責任問題をいつも気にしている。この典型的な制度の中で働いているのが公務員だと思う。

先日、タクシーに乗って、料金や給料のことなどを運転手に聞いてみた。値上げするのに規制があり、長いこととあまり変わっていないとの事だった。あらゆる所で省庁の規制があり、まるで共産主義の国のようだ。

「失われた30年」の原因として日銀のゼロ金利政策がある。

バブルの崩壊は、金融政策に始まり、リストラ、コストカットの言葉が飛び交い、そしてリーマンショック、阪神・淡路大震災、東日本大震災、さらに令和に至ってコロナ禍、負の連鎖が我が国を先進国から発展途上国に様変わりさせてしまった。気がつけば、昭和、平成、令和と移り変わっていた。

仕事がら、いつも複式簿記が頭に入っており、ずーっと気になっているのが国の財政だった。明治6年、福沢諭吉の「帳合之法」が出て、企業会計は複式簿記になっているが、何故、公会計は、歳入歳出の単式簿記のままなのだろうか。武家社会の儒学思想は「金銭は卑しいもの」と教え、商人の大福帳が財政の基本だったのだろう。

ＡＩの時代になっても、国の財政は、歳入歳出を基に、一つの側面で記録する単式簿記つまり、大福帳である。企業の財政は複式簿記により資産・負債に収益・支出を計算して、利益である可処分所得が計算され、予算はこの所得を基に考えるのが一般である。大福帳の国の財政では、歳入歳出しか考えない。所謂、歳出には財源を税か国債を中心に考える。

何が違うのか——資産の評価益が認識されないのである。つまり、長年国民が努力して得ている資産が増えた分、資産の評価益が隠されていると思う。これを認識すれば「令和の埋蔵金」と言えるぐらい莫大な金額である。

この分の多くは国債とその利払いに回っているはずである。

以前、富裕税の議論があったが、そんな税よりも、富裕層に国債の額分を出資させればいいと思う。つまり日本株式会社への投資である。令和の歳入・歳出は１００兆円ほどであり、その会社の資本金も１００兆円ほどにして、日本の富裕層や日銀などの金融機関に出資させれば、この日本株式会社が国債を買い入れる。国債を買い入れると、日本の国債はほとんどなくすことができる。財務省の言う「国債」が　孫子の代まで残す借金だということはなくなる。

日本株式会社の株を、日本で生まれた子に一株ずつ与え、その配当金で生活できるようにして、これをベーシックインカム制度の出発にすれば、ＡＩ時代の財政政策となるだろう。

昭和１００年——日本の人々が１００年かけて蓄えた資産、会計処理の変更により認識できる「令和の埋蔵金」を日本株式会社の資産として実現すれば、日本株式会社へは富裕層や金融機関などの出資により100兆円ほどの資金を得て、まず国債を買い入れて、国の借金、国債を償還する。その国債の受け取り利息は日本株式会社の収益とする。この収益や、「令和の埋蔵金」により、一例として日本株式会社は配当する。

日本に生まれた子へ、新生児一人に一株発行してその配当金がそれぞれの所得とし、ベーシックインカムの始まりとして令和の財政改革の始まりとなる。

大福帳の財政政策から、複式簿記の財政政策へ、AI時代の財政改革は、日本が100年かけて蓄えた全資産と日本株式会社の設立により実現される。

光の部　昭和百年からの風と光とエトセトラ

朝のビール

ビールは、かつて夏のものだった。一日の仕事を終えた後にグィーッと一気に飲み干すことで、一日の仕事の疲れがとれる。そして二杯目からは、今日一日の反省などをしながら、適当なおつまみを摘みつつ、また一杯とやるものである。

毎年やってくる夏の夕べに、ほろ苦いホップの味に、今歩いている人生を噛みしめ、また一杯とやるものである。

流通機構の発展と、めまぐるしい経済社会の成長のためか、食べ物の季節感がどんどん失われている。世の中の物資が多くなればなるほど、季節感は薄れてゆく。それは私にとってまずトマトだったような気がする。かつてトマトは夏にしか無かったはずだ。あの夏の太陽の光を浴びて、真っ赤に熟れたトマトにガブリッとかぶり付く、夏の風物詩だった。最近のトマトは一年中あり、サラダの彩りなどを作っている。もちろん、あの夏の熟れたトマトがいいとか、あれが本当のトマトとか小煩いことは言わない。

仕方がないのだ。注文があり、納期があり、スーパーの棚に整理して並べなければならないから、早々に収穫して、間に合わせなければならない。もう少し後の世代は誰もが、トマトは青い時に収穫し、赤く色づいたら店頭に並べられ、スライスして、サラダの材料の一つとなる野菜であると思い込むはずである。その頃には決して誰も「トマトは果物」とは言わない。

……トマトの話ではない、ビールの話である。

ただ、ビールもトマトと同じように季節感が薄れていることは、それほど悪いことではない。むしろ現代では、便利になったということである。一年中いつでも飲めるということである。もちろんビールは以前から一年中あったのだが、冷たいビールは、私は夏しか飲まなかった。いや、飲みたくなかったのである。

寒い部屋の中で飲む冷えたビールは、さらに身体を凍えさせるから、誰もが願い下げであった。しかし、部屋が暖かくなってから、冬でもビールを飲むようになった。

そして、春でも、秋でも飲むようになった。さらにビールには、秋味とか、冬物語とか季節を冠した名前がつくようになった。

だが、いずれにしろ夕方から飲むものであった。

酒は昼日中から飲むものではない。仕事を終えてから、「さあ、一杯やるか」と飲むものである。昼間から飲むことは不摂生であり、不良のすることである。

ところが、旅行は違う。旅行は日常ではない。旅行は非日常のイベントだから、昼日中からでも飲んでいいし、許される。旅館の朝食の時、これはビールがいい。少し後ろめたいが、旅行中である。許される。

毎日毎日、俺は働いている。そして、やっとレクリエーションに来ている。誰も文句は言わせない。朝ビールを飲む。頭はまだ、はっきりしない。寝酒ではない寝起きの酒だ。いわゆる朝酒だからこれはもう、罪深いことかもしれない。

朝寝、朝酒、朝湯というものは、身上《しんしょう》を潰す放蕩者のする事であり、罪悪である。

ところが昨今、罪悪というものが、だんだんと不明瞭になっている。トマトの季節感のように罪悪感も薄れてきて、もともと罪であったはずのことが、それほどたいした罪でなくなったりしてしまう。

朝のビールを飲みながら、一瞬シャキッとした頭で、後ろめたい気分と共に、罪について少々真摯に考えようとしながら、ついつい飲みすぎて、禁断の行為の喜びに浸る頃には、もう朝のビールが体中を回っている。
本当は、朝のビールは罪である。でも、誰も罰してはくれない。

東海税理士会会報『東海春秋』（平成6年11月1日）掲載

ウイスキーのこと

ＮＨＫのドラマ「マッサン」のモデル竹鶴政孝（ニッカウヰスキー創業者）がウイスキーの製造法を学ぶため渡英したのは、１９１８年だった。その20年ほど前に、ロンドンに留学していた夏目漱石は、「倫敦に暮したる二年は尤も不愉快の二年なり」（『「文学論」序』）と書いている。その癒しのためか、彼はスコットランドのピトロクリを訪れており、山紫水明に憩い、清浄の気に和んだと文章にしている（『永日小品』）。

その地には、オルトダワー川から仕込み水を引いているブレアアソール蒸留所がある。オルトダワーとはゲール語で「カワウソの川」という意味だそうだ。蒸留所名の由来となった、アソール公爵の居城であったブレア城が近くにあり、その城に昭和天皇が皇太子時代に滞在された記録がある。ひょっとしたら天皇も、このブレアアソールのモルトウイスキーを楽しまれたのかもしれない。

日本では「蛍の光」として知られるロバート・バーンズの詩「オールド・ラン

グ・サイン（遠い昔）」の詩の中に登場する友情の証に交わされる酒とは、まさにこのウイスキーのことだろう。

スコッチウィスキーの歴史を辿ってみると、「税」との関わりが深い。1707年、イングランドがスコットランドを併合して大英帝国が誕生し、政府は「麦芽税」を導入した。この税によりスコットランドの蒸留家には従来の10～20倍近くの課税が割り当てられた。そのため、ローランド地方の蒸留業者は、麦芽の使用量を減らして、さまざまな穀物を使うようになり、これがグレーンウイスキーの前身となった。

その結果、モルトとグレーンをバッティングして、ブレンドウイスキーができたのだろう。

一方、ハイランド地方の蒸留家たちは、次々と僻地へ逃れ密造を始めた。作業のしやすい大麦麦芽だけを使い、人目につかない屋内で熱を使っての乾燥を考案した。この時の熱源が、ハイランド地方の山中で入手できるピート（泥炭）であり、ウイスキーを隠すために使ったのがシェリー酒を詰めていた樽だった。

その樽に長期間保存しておくと、色が琥珀色に変化し、風味が格段にまろやかになっていった。シングルモルトウイスキー製造の基礎は、この密造時代に確立されたのだろう。

竹鶴政孝は、キャンベルタウンにあったヘーゼルバーン蒸留所で技師として働き、日本人として勤勉に、この製造技術を学んだのである。それが、余市のニッカ蒸留所に今でも残されている「竹鶴ノート」だろう。

この半年間、私はそんなことに思いを馳せながら、朝は「マッサン」を観、夜にはシングルモルトを味わう至福の時を過ごしていたのである。

（日税連『税理士界』平成27年5月15日号）

アメリカ研修

アメリカでは、日本に先んじて税の電子申告が始まっている。〇〇〇〇年〇月、アメリカの税務申告の電子申告制度を含めて、アメリカの税制および税制一般の研修を目的に、海外研修が行われた。

ワシントンD．C．のホワイトハウスやアメリカに進出している日本企業など、いろいろあるコースのうち、私は内国歳入庁（ＩＲＳ）でのミーティングにオブザーバーのような立場で（いつものように勝手に）参加し、電子申告について質問した。

「日本では、電子申告のその導入について、個人認証が大きな問題になっているが、この点はどうなっているのでしょうか？」と尋ねると、送付された内容で間違いなければ、サインして郵送で返信するとのこと。それでは、日本の目指す電子申告制度とは別のものになる。

日本が導入する予定の、申告制度全体を電子的に管理運用する仕組みとは別のものだった。

せっかくのニューヨークだからと、参加者の一人と別行動を思い付いてセントラル・パークやマンハッタンなどを、タクシーを使って観光した。あのツインタワー（ワールドトレードセンター）の1階で、ATMからドルをおろして、国連ビルへ向かった。

その1ヶ月後だった。映画を観ているようだった。

あのツインタワービルへ、飛行機が突っ込んで行く……。そして、ビルが崩壊する。昔から見慣れたニューヨークの景色、自由の女神、エンパイヤステートビル、ワールドトレードセンタービルの一画が瞬時に消失する、信じられないシーンが心の奥深くに刻まれた。

4機の民間航空機がツインタワーやペンタゴンに追突爆破した、アメリカ同時多発テロ。これから、歴史が動くと思った。

帰国は、ロサンゼルスからのフライトだった。

一日の観光が残り、サンタモニカ丘陵を眺めながら、リムジンに乗りビバリーヒルズを回りつつ、テロ事件の1カ月前のことでもあるのを許してもらうなら、この時私は、ハリウッドスターの気分になっていた。

（アメリカ研修報告書掲載　２００１年８月５日）

中国研修

研修部の海外研修が、今回は中国であった。もともと不謹慎だが、物見遊山のつもりで参加させてもらった。

中国の将来を担うエリートコースだろうか、中国全土から選ばれた100人ほどが世界中の国々に留学する制度があるそうで、それぞれ希望の大学に国費で派遣されていた。たぶん、身分は公務員だろう。名古屋大学にそのうちの一人が留学しており、彼のコネクションで、今回の海外研修の世話になった。

北京の国家税務局で情報交換のような会合があり、その後、局の食堂の横の部屋でレセプションが行われた。

ワインで乾杯の後、スピリットのような度数の高い酒が出た。乾杯をしながら、どちらかが潰れるまで飲み合い、「潰れれば一生の友になる」と言われていた。

たまたま隣の席だった女性の係官が流暢な日本語を話すので、「日本に来たことがありますか?」と聞くと「いいえ、一度も行ったことはありません」と言われて驚いた。

「友　遠方より来たる　また　楽しからずや」の挨拶で始まるレセプションは、明るい午後から始まった。日本の国税庁では、考えられない宴会の時間だった。

明王朝と清王朝の皇城である紫禁城に故宮博物院という博物館があり、訪問した。驚いたことに、皇帝の寝台みたいな部屋があった他に何も無い。

中国の歴代の皇帝の至宝は、ほとんど蒋介石が軍艦で台北へ運んでしまったそうだ。台北の国立故宮博物館で観た至宝が中国歴代の皇帝の権威を象徴していたはずだが、中国共産党には、あまり興味がないようだ。

最後の夜のパーティーは、四川料理だった。円錐形を逆にした大きなガラス製の入れ物に、赤い唐辛子がいっぱい入れてある玄関には度肝を抜かれた。

もともと、皇帝料理だとか北京料理とか言われたが、私にはどの料理も同じように思えた。しかし、この高層ビルの最上階にあるレストランの四川料理は美味しかった。

隣に座っていた係官が、ビルの高いのと同じで、ここの料理は値段が高いと言う。

彼は、日本は、どうしてサリン事件を起こしたオウム真理教の麻原をすぐ死刑にしないか不思議な気がすると言っていた。

中国なら反革命分子として、すぐに刑は実行されるそうだ。日本の消費税にあたる増値税の不正還付が発覚し、その金額が多ければ死刑になると聞かされた。現に昨年は１００人ほどが死刑が執行されたそうだ。

なんだか、これからの中国は共産党が中国国民の自由を奪っていく懸念を感じた海外研修だった。


（中国海外研修　報告書　２００4年8月7日）

ドイツの記憶

あれから二十三年の歳月が流れていた。

ドイツを東西に隔てる壁は永遠と思われていたのだが人々の悲しみと苦しみの後、
崩壊した。
それでも人々は忘れないだろう。悲痛と悔恨は記憶にとどまる。

ニュルンベルグのナチスの党大会の演説の声があの広場から響いた気がした。
灼熱の夏。
今、それでもベルリンは平和だ。

若者のハンマーによって崩された壁に記憶はとどまる。
だが忘れてはいけない。
民衆の愚劣と愚劣な過去を。
灼熱の中でも、極寒の中でも

忘れてはいけない。

ミュンヘンの旅は、ヴェルツェンビールを飲みながらトワイライトのビヤガーデンから始まった。
ユーロの人々は、変わらぬ不安な日々を過ごしている。

レーゲンスブルグの自由都市の頃から、それでもドナウ河は流れている。

（2012年夏　ドイツ海外研修報告書掲載の『詩』）

蕎麦と68歳の話

蕎麦との出会いは、今から40年前にさかのぼる。

中央高速道がまだない頃、国道19号を走って毎年長野のスキー場へ通っていた。その帰りには毎回同じ蕎麦屋に寄った。太めで黒っぽい麺の田舎蕎麦で、その本格的な手打ちの荒々しさが気に入ったのだろう。

蕎麦は江戸、うどんは上方《かみがた》と、なんとなくそんな固定観念があったので、東京への出張の折には、蕎麦屋をよく探した。

そこで更科蕎麦と出会った。蕎麦の実《み》の芯に近い純白の部分だけを用いて打つ蕎麦と聞く。だから田舎蕎麦と違って白く繊細な感じがする。

神田のとある店で初老の紳士が昼下がり、お銚子を頼んで、板わさか卵焼きを酒のさかなにして一杯やっていた。現役のサラリーマンには見えなかったから、引退していたか、第一線からは離れた、いわばご隠居だったのだろう。「すさび」という古語が思い浮かぶような、気ままに成り行き任せに楽しんでいる風情。そんな時間がうらやましいなと思っていると、やがて更科蕎麦を手繰《たぐ》って、彼はお店を静かに出ていった。

それ以降、ときどき思い出したように、あちこちの蕎麦屋を訪れる。東京と愛知でそれぞれ2、3軒。静岡、岐阜、奈良にもお気に入りの店がある。

「蕎麦は石臼挽き自家製粉でなければならぬ」などとこだわった時期もあったが、今はこだわらない。ただそこの店主が選んだ冷酒があればうれしい。そして、蕎麦を食べる前に3種か5種のさかながあれば幸せだ。我が配偶者いわく「要するに、あなたは蕎麦よりお酒でしょ……」。

名古屋にあるお気に入りの1軒は、かつて遊郭だった建物を改装したもののようだ。中庭に面した席から建物の反対側を見上げると、大正ガラスの戸の回廊のような2階が見えて、当時の文化を窺うことができる。

アナログの時代からデジタルの時代になり、「降る雪や　明治は遠く　なりにけり」（中村草田男）どころではない。平成さえも来年で終わり。「土砂降りや　昭和は遠く　なりにけり」というところだ。ともかく、初老の日々をより長く過ごしたいと思う。

２０１８年、筆者は、今68歳である。

たまたま今読んでいる本に記載されていたが、江戸時代初期の数奇者・本阿弥光悦《ほんあみこうえつ》は、寛永2年に二代将軍秀忠に拝謁し色紙を献上後、京に戻ったのが68歳の時だったそうである。現代に残された木彫りの光悦像の姿は、口元に優しげな雰囲気をたたえた好々爺《こうこうや》だそうだ。

針葉樹

2023年春、政府は福島第一原発の処理水の海洋放水を決定した。十年ほど前、山本義隆は『福島の原発事故をめぐって』（みすず書房）を著し、フクシマの教訓を共有し、事故の経過と責任者を包み隠さず明らかにし、率先して脱原発、脱原爆社会を宣言すべきと書いている。

マンハッタン計画に始まる核エネルギーの開発は、原子爆弾を造っている。その核エネルギーの平和利用は人類にとって危険で、その実用化は不可能と言われていた。福島第一原発と同型のマーク1型原子炉の危険性がジェネラル・エレクトリック社（GE）の3人の技師に指摘され、冷却水が失われた時に、格納容器が圧力に耐えられない欠陥を見出し、世界中の同型炉を停止さられるよう主張したが、受け入れられず、彼らはGE社を辞職した。

原発事故によって、周囲の何キロかを今後何世紀にも亘って、人間の立ち入りを拒むスポットになる。その廃棄物が数万年の管理を要するということは、人間の処理能力を超えている。それなのに、未だあちこちに原発は存在し、増え続けている処理水さえ、悩みに悩んで、海洋放出という古典的な処理を2年後に始めるという。

ＡＩ時代の「さむらい」

つれづれなるままに日暮らし
硯に向かいて
心にうつるよしなしごとを
そこはかとなく書きつくれば
あやしうこそものぐるほしけれ

（『徒然草』吉田兼好）

そんな心境だが、この頃の我が業界のことを、そこはかとなく書くことにする。
まず心に浮かぶのはＡＩ（人工知能）のことだ。藤井聡太七冠の強さはＡＩによるところが大きいと聞く。

士業はさむらい業とも読める。ＡＩによりその独占的業務が、代替可能なものとなると言われ始めている。
高度な知力の求められる専門職が、ＡＩにより代替可能なものになっていくのは避けられない流れにある。
さむらいの始まりは、白河上皇の院御所《いんのごしょ》を警備した「北面の武士」で、11世紀頃からと言われている。そして、19世紀後半の政治的・社会的変革である明治維新をもって、さむらいは終焉を迎えた。

時代の流れ、歴史的変革の流れの中、「士業」も大きな変革を迎え始めている。ＡＩとかＣｈａｔＧＰＴの出現は士業の時代を終焉させる変革よりも、さらに劇的な変革だと思う。

ゆく河の流れは絶えずして
しかももとの水にあらず

よどみに浮かぶうたかたは
かつ消えかつ結びて
久しくとどまりたるためしなし
（鴨長明『方丈記』）

ＡＩはよどみに浮かぶうたかたの「かつ消えかつ結びて」などと悠長なものではない。

高度な専門職である弁護士のその主たる「訴訟事件」についてＡＩであれば過去の膨大な判例をすべて記憶し、これまで相応の時間を割いて調べた判例を瞬時に見つけ出すことができ、これにより弁護士の多くは不要になると言われている。

弁護士の相談について、最近出現したＣｈａｔＧＰＴでは、疑問についてやはり超膨大なデータから的確な回答を瞬時に導き出すようである。

所謂、弁護士による法律相談は、その大半が不要になると思われ始めている。

最近、筆者は医師の診察を受ける機会があったが、その時の医師はあまりこちらを見ることはなく、目の前のパソコンのディスプレイばかり見ていた。小さい頃のお医者さんは、聴診器を胸に当てながら、お話を聞きながらじっと私を見つめていた。いまは採血のデータや過去の病歴のデータ、内視鏡の画像データ等をもとに診察しているようであるが、これもＡＩによる診察に代替可能のようである。さらにリモートによる診断に、ロボットによる手術も出てくると、医師業も代替可能な業務が増えることになる。

振り返ってみれば、筆者が税理士登録してから半世紀近くなる。

当時の記帳はもちろん手書きだった。振替伝票を記し、元帳の記載から試算表の作成をして業務が始まる。そろばん、電卓を駆使して、最終的申告書の作成までなかなかの苦労だった。ところが、コンピューターの出現が業務を一変させた。まずは、さん孔テープにより、データを電話回線により送信し、翌日帳面が送付されていた。初めて送られてきた帳面には感動した。それからパソコンそしてインターネットさらに電子申告に至る。

武士は警護のため日頃武士道を磨き、武力を培って精進している。税理士も日頃の研修、情報の収集などに余念がない日々を送っている。それがパソコンの時代、ＡＩ

の時代となると変化することになる。そして、業務自体も申告代理、記帳代行が中心の仕事から、税務相談、事業の企画・運営・管理などコンサルタント業務が加わってきそうである。

花の色は　うつりにけりな　いたづらに
わが身世にふるながめせしまに

（小野小町『古今集』）

税理士法が制定されて半世紀の時が流れた。若者の税理士試験離れが言われ始めている。何年もかけて、厳しい試験勉強が必要なことは昔からあまり変わっていない。税法にしろ、会計学にしろ、学者や専門家による高度で難解な議論や計算問題などはこれからの税理士にとって果たして必要なのだろうか。ＡＩの時代・ＣｈａｔＧＰＴの世界に求められる税理士の資質は何なのだろうか。試験自体の在り方も考え直すべき時期ではないのか？　受験方法だってノートパソコンやｉＰａｄの持ち込みを可としても良いのではないか？

小野小町が長雨をぼんやりと眺めていたように、今の時代の変わりようを筆者もぼんやりと考えている。

願わくば花の下にて春死なん　その如月の望月のころ（西行）

仏教では西の方角に極楽浄土があるとされる。

西行は「北面武士」として鳥羽院を支え、そのエリートコースを23歳で捨てて出家したという。

税理士のバッチには桜の花がある。

桜の花の下での最後を願った西行は、釈迦入滅の日の2月16日に亡くなったという。

もう少し先で良いのだが、筆者は桜の下、桜吹雪の中で安らかな終わりを迎えたいと願っている。

結語

２０２４年12月18日、「スペースワン」の小型ロケット「カイロス」２号機は、空高く飛行したが、経路を逸脱し３分7秒後に爆破された。

日本の宇宙開発の歴史は、１９５５年4月12日のペンシルロケットの水平試射に始まる。昭和20年、終戦とともに禁止された日本の航空宇宙開発は、昭和27年のサンフランシスコ講和条約の締結によって、平和目的に限って再開が認められた。当時は、研究開発に必要な情報も資金も物資もほとんどない状況の中、糸川英夫教授が率いる東京大学生産技術研究所の研究グループが固体燃料ロケットを開発し、ジュラルミンの丸棒などで、全長わずか23センチメートルのペンシルロケットを誕生させた。

その10年ほど後、筆者が小学3年生の頃、近所の原っぱで、鉛筆のカラーにマッチ棒の先の火薬を詰めてロケット遊びをした事を記憶している。

遊びの生活から、学生時代を経て、社会人へ。振り返れば時間がどんどん早くなるのに気づいた時は、後戻りのできない時代となっていた。平成の時代になって、ただただ慌ただしく、あまり問題の起きないように、文字通り平成（静）を保っていたようだ。

政治の世界では、突然のように思えた「ベルリンの壁の崩壊」、「プラハの春」、そして「アラブの春」と、民主化運動が進んでいるようだが、世界レベルでは相変わらず遅々としている。

一方、右肩上がりの日本経済は、世界第2位と言われるまでの経済成長から、ドルショック、石油ショック、そしてリーマンショックと歴史を刻んだ。外交では、トランプ大統領のアメリカファーストの言葉に、気付いていないが、ジャパンファーストをずっーと続けていた。

平成15年5月9日、宇宙探査機「はやぶさ」を搭載したM・Vロケットが内之浦から打ち上げられた。「はやぶさ」の目指した小惑星「イトカワ」、その名は糸川英夫教授による。

風の強い日ではあったが、晴天の日、大空の彼方へ白煙を引いてロケットは消えて行った。打ち上げ時にJAXAの鶴田浩一郎所長は「帰ってくるとは思っていませんでした」と語っていたそうだ。

幾たびものトラブルや、もうダメという危機に見舞われながら、プロジェクトチームの奇跡を起こすほどの並々ならぬ努力によって、七年後、「はやぶさ」は帰還軌道になんとか導かれた。イオンエンジンによる最後のコントロールが軌道補正を成功させ、南オーストラリア州のウーメラ砂漠に帰還した。

満天の星空に現れた小さな光の点は、やがて打ち上げ花火のようにあたりを明るく照らしながら大爆発を起こし、南十字星の少し上で消え、その後、小さな赤い点としてカプセルが降りたった。

カプセルには膨大な数の「イトカワ」物質が入っていることがわかり、精密な分析の成果は2011年3月11日に発表されたが、この日は、日本が東日本大震災の災害に見舞われた日だった。

夢を追いかけ、目の前の成功がその後の失敗の原因になり、また夢を追いかける。その繰り返しをこの昭和の100年、続けてきたような気がする。100年の航海は同時に、後悔の連続だった気もする。

しかし、悔やむだけではなんの意味もない。ただ黙って、前を向き歩き続けるのが良い。
夢と言う獲物を狙う眼をした鷹も、時には疲れて眠ることもある。

天の川　鷹は飼われて　眠りをり　（加藤楸邨）

〈著者紹介〉
余語 眞二（よご しんじ）
昭和25年2月　愛知県小牧市に生まれる。
昭和43年3月　名古屋市立菊里高校卒業。
昭和53年3月　南山大学大学院修了。
昭和58年2月　税理士登録。
東海税理士会　広報委員会　常任委員を40年程繰り返し歴任、尾張旭市にて、税理士事務所を開設。

霧《きり》は、アンダンテで流《なが》れ行《ゆ》く

2025年4月23日　第1刷発行

著　者　　余語眞二
発行人　　久保田貴幸

発行元　　株式会社 幻冬舎メディアコンサルティング
〒151-0051　東京都渋谷区千駄ヶ谷4-9-7
電話　03-5411-6440（編集）

発売元　　株式会社 幻冬舎
〒151-0051　東京都渋谷区千駄ヶ谷4-9-7
電話　03-5411-6222（営業）

印刷・製本　中央精版印刷株式会社
装　丁　　弓田和則

検印廃止

Printed in Japan
ISBN 978-4-344-69254-1 C0093
幻冬舎メディアコンサルティングＨＰ
https://www.gentosha-mc.com/